목화밭 목화밭

배세복 시집

목화밭 목화밭

달아실시선
39

달아실

일러두기

1. 본문에서 하단의 〉는 '단락 공백 기호'로 다음 쪽에서 한 연이 새로 시작한다는 표시임.
2. 보조 용언과 합성 명사의 띄어쓰기 등 본문의 맞춤법은 시인의 의도에 따른 것임.

시인의 말

기억 속 먼 당신들에게

두 번째 서한을 띄웁니다.

지나간 당신들을 꺼내기 위해서는

나를 내어주어야 한다는 걸 깨달았습니다.

다음 번 안부는 당신들이 아닌

'부디' 가까운 당신을 향하겠습니다.

2021년 4월

배세복

차례

목화밭 목화밭

들어가는 시
—자화상

찬장을 열면
민무늬 접시
두 개

한 접시엔
조그만 주먹
짤따란 하체
다 자라지 못한 심장
'버리지 마시오'
표식과 함께 적당히
버무려져 있고

다른 한 접시엔
비대한 두뇌만으로
한가득 넘실넘실
'꿈꿀 때만 쓰시오'
핏빛으로 뚜욱뚝
흘러내리고
불은 꺼지고

그해 여름은 장마가 길어

그해 여름은 장마가 길어 밭고랑마다 헛물 가득했죠 아버지는 밭 가운데서 참깻대를 바라보았죠 물꼬 좀 내야겠다 괭이 좀 빌려와라 대문은 살짝 열려 있고 아줌마! 불러도 대답 없었죠 헛간을 찾아봐도 괭이는 안 보였고 시래기 걸어놓는 처마 밑 들여다보는데 방 안에 움직임, 문틈 사이로 보니 대낮인데도 누군가 있었죠 방바닥이 크게 들썩였죠 왜 밤이 되어서 그 집을 다시 간 건지 모르겠어요 마당에는 헛물 가득했고 물뱀 떼가 우글거렸죠 막대기로 쳐내도 어디선가 나타났고 불을 질러볼까 생각했지만 긴 장마는 그마저도 허락하지 않았죠 도망쳐 나오는데 뱀이 들락날락, 수채 구멍 같았죠 어둠 속에서도 뚫어지게 들여다보았지만 여름 동안 괭이를 빌리러 갔던 일도 뱀꿈 이야기도 누구에게 하지 못했죠 동네에는 바람난 과부 소문이 하늬바람과 함께 떠돌았고 까맣게 탄 참깻대, 가을 초입이었죠

끝을 팔다

골목에 접어들었죠 '카페 거리에 오셨습니다' 현수막 아래 '끝'이라는 간판, 주인은 없고 탁자에는 누군가 마시고 간 컵, 치워지지 않은 채 놓여 있었죠 주인은 나올 기미 보이지 않고 몸을 돌리려는데, 한 아이 나타나 입구를 가로막았죠 입을 굳게 다물고 있었는데 생각보다 쉽게 떠밀렸죠 어스름마저 짧은 가을 저녁, 거리는 어두워졌고 카페 창문마다 제각기 불빛들 멋대로 쏟아졌죠 그것들은 파랗거나 보랏빛 따위였죠 골목 끝나가는 곳에 노란 불빛의 창문, 검은 그림자 이따금 서성였지만 대강은 따뜻한 불빛이었죠 지친 몸이 발길을 잡아당겼죠 어느새 그 아이 따라왔는지 제 집인 듯 문을 밀고 있었죠 고개 들어보니 또 '끝'이라는 간판, 이곳은 주인 없는 가게잖아 누구든 주인 될 수 있으므로 아무도 주인 될 수 없어! 꿈속인데도 골목을 빠르게 벗어났죠 뒤돌아보니 불빛 두어 번 깜박이며 곡소리 시작되었죠

눈꽃 1

흰 눈이 가득 내려, 닿을 수 없게, 그대 있는 먼 곳까지 가득 내려
그대는 꽁꽁 문을 잠가놓고 내가 추워서 발을 동동 구르면
가끔 살짝 열어놓는 문틈 사이로 잠시 보이기도 하는 화사한 그대 얼굴

살아갈수록 그대 보고 싶은 날 점점 늘어만 가고
하루는 어둠 속으로 바람처럼 헤집으며 그대 찾아봤지만
나는 꽃이 될 수 없었고 그대만 새하얀 눈꽃 되어 저 멀리 사라져가네

어둡고 지친 저녁마다 부은 발목 이끌고 만나려 하는 그대 옷자락 그리고 그대 차디찬 웃음

눈꽃 2

산길 따라 걸었습니다

올라가는 길부터 해가 가려 어두워지고

산다는 게 이런 건 아닐까 생각했습니다

당신을 잊을 때까지 걸었습니다

내가 당신을 등질 때까지

그대처럼 벼랑은 더욱 험했습니다

그리하여 아픈 다리 절룩이며 고개 들었을 때

두 눈에 가시처럼 그대 박혔습니다

깜박이는 눈꺼풀 위에서 까마득해졌습니다

는개라는 개

사내가 창밖을 내다보니
개 한 마리 벤치에 엎드려 있었다
젖은 몸이 어딜 쏘다니다 돌아왔는지
가로등 불빛에 쉽게 들통났다
서서히 고개 돌려보니
곳곳에 개들이 눈에 띄었다
야외 체력단련기구 위에도
지친 여러 마리의 개들
차가운 철제 의자에 젖어 있었다

당신이 떠난 후로 습관처럼
밤은 또 개를 낳았다
그것들은 흐리고 가는 울음이다가
가끔은 말도 안 되게 짖기도 한다
어떤 밤은 안개라는 이름으로 부옇게
또 다른 밤은 번개로 울부짖다가
이 밤은 그냥 조용한 는개 된다
너는 개다 너는개다 너 는개다
이 정도면 키울 수 있겠다 싶어
사내가 불을 끈다 천천히 이불 당긴다

늦은 감식

밤마다 네가 나를 데려오던 곳
용담호에 홀로 서 있다

나를 껴안고 자맥질할 때도
네 품에서 나는 발버둥치지 않았고

그런데도 너는 내게서 미끄러웠다
꿈이라고 해도 어찌 매번 그런지

나는 물 가운데서 두리번거렸고
너는 해설海雪 되어 떠오르곤 했다

계절이 바뀌어도 너의 사인死因 알 수 없고
어귀의 마른 물풀들 꼿꼿이 얼어붙은 겨울

눈은 계속 내리고 있다 저 얼음 바닥에도
머물지 못하고 미끄러지는 눈발, 눈발들

당신을 송두리째

가게에 갔네 물건 하나 없는 진열장, 버리러 간 내게 주인은 자꾸 당신을 떠올리라 했네 어림없었네 감히 쉽게 당신을 내놓을 것 같은지, 들꽃보다는 조금 화려한 꽃 이야기를 했네 구름이 적당히 피어 있는 여름날, 해가 잠깐 사라진 하늘, 꽃잎에 햇빛이 다시 살짝 비출 때 분명 빗방울이 한 낱도 내리지 않았는데도 반짝! 하는 눈동자가 있었, 내 눈에도 반짝, 주인은 등을 다독였지만 괜찮았네 그냥 다른 이야기를 한다 했네 산길이었던 것 같네 가지 않고 주저앉을 수는 없는 노릇, 무작정 걷고 있었네 가시 덩굴 헤치다보니 다리 긁히고 손등에서 떨어지는 피, 온몸이 쓰라렸지만 아무렇지 않았네 어차피 절벽에 누가 먼저 와 서 있었, 그냥 다음에 다시 오겠다 했네 그때는 당신을 두고 올 거라 했네 가게를 나서다 돌아보니 흰 가운의 주인은 간 데 없고 당신만 온통 하얗게 진열되어 있었네

당신의 주머니

당신 주머니는 차가웠지
내 손을 한 번도 넣어주지 않았지
겨울이 아닌데도 내 마음은
터진 손등처럼 갈라져 있었지
당신이 출타한 어느 날
함부로 주머니를 뒤졌지
짐작대로 아무것도 나오지 않았지
나중에는 당신이 차가워서 준 게 없는지
줄 게 없어서 차가운 건지 헷갈렸지

당신 주머니 따뜻했던 적 있지
임용 통지서 받고 함께 돌아오던 날
시내버스엔 한 자리만 남아 있었지
— 배씨 한잔했구먼, 어디 다녀와?
— 예, 울 아들이 이제 선생이 되었슈
당신이 발 벌려 의자 가운데 내주던 그때
내 몸에 닿던 따뜻한 당신 주머니
손등처럼 내 마음을 또 갈라지게 한
늘어져버린 당신의 씨앗주머니, 두 쪽

두고 온 아이

아주 잊은 건 아니었기에
낮에도 간혹 네가 생각났다
습관처럼 넥타이 졸라매고
구두주걱으로 뒤꿈치 넣으면서
뒤도 돌아보지 못한 채
작별 인사 없이 헤어진 아침이 가고

너는 점심 먹을 때나
커피 마시며 키득거릴 때보다
쌓인 일 더미 속에서 더욱 생각났다
꾸며내야 할 표정 속에서 간절해졌다
그럴 때마다 네가 빨리 오라고
울고 있는 자길 데려가라고

갇힌 방에서 벽을 긁어댔다
그러다 지쳤는지 아무 소리 없었고
퇴근할 때서야 다시 생각났다
못 견디게 그리워 그냥 갈 수 없었다
와이셔츠가 땀으로 흠뻑 젖은 날이거나

대개는 비 내리는 저녁이었다

가로등 밑 선술집 사람들 틈에서
너를 달래다가 부둥켜안았다가
한 명씩 널 부축하며 사라지는 그들처럼
절뚝이며 함께 집으로 돌아오곤 했다
그러면 너는 또 나를 씻기고 뉘이고 재우고
가만히 내려다보고 있었던 것이다

마음을 짓다

거간꾼이 다녀간 뒤 황소는 곡기를 끊었다 마른 볏짚에도 눈 뒤집으며 침 흘리던 그였지만, 펄펄 김이 나는 쇠죽을 끓여 코앞에 디밀어도 눈 하나 끔뻑하지 않았다 그때만큼 무거운 몸이 그에게 있었던가

죽음의 냄새는 쇠죽 따위에 비할 바 못 되었다 그것은 홍역처럼 번지는 것, 동네 소들은 거간꾼이 오자마자 돌림노래로 울기 시작했다 식도 저 아래서부터 울려 나오는 이 세상 가장 음울한 '음매'들

저승사자처럼 한 차례 홍정이 다녀간 뒤, 죽음을 작심作心한 황소는 이틀 후 끌려갔다 허나 트럭 앞에서 그의 다리는 휘청, 뒷다리가 질질 끌리며 앞다리와 나란해질 때 앞마당을 떠났다

몸과 마음이 앞다투면 무엇이 앞장설까 싹둑 곡기를 끊은 그였지만 마지막엔 모든 근육을 드러냈다 힘이 부친 그는 그간의 단식을 곱씹으며 후회하고 또 후회했을 것이다

모자이크의 밤

공터에는 친구와 내가 그린
모자이크 그림이 쉽게 발견되었다
땅따먹기를 좋아하던 우리 손에는
사금파리가 자주 들려 있었기에

그날 친구는 집에 없고
대신 그의 할머니만 있었다
호두나무에 걸린 할머니
혓바닥이 굳어가고 있었다

내 혀도 갑자기 굳었으므로
최초의 목격은 은닉된 채
굳은 혀는 어디론가 치워졌다
산 혀들이 죽은 혀를 가엾어했다

스스로 혀를 내민 자의
부음訃音을 받아든 밤
오래전 그 뜰에 흘리고 온
사금파리 한 조각 빛을 낸다
〉

이런 밤 꿈속엔 할머니 나타나
내 머리에 금을 긋는다
사금파리가 그 손에 들려 있다
부음이 신음처럼 깊어가는 밤이다

목화밭 목화밭

목화를 따러갔네 누이에게 배운 노래 흥얼거리며, 목화꽃은 이상하기도 하지 어떤 게 진짜 꽃일까 누이는 분홍색 진짜 꽃만 꽃이라 불렀지만 목화 다래 익어 벌어진 목화솜도 나는 목화꽃이라 우겼네

목화밭 목화밭~, 홀로 목화를 따러갔네 누이 없이, 목화꽃은 이상하기도 하지 멀리서 볼 때만 한없이 아름다운 꽃이었네 두둥실 흘러갈 것만 같은 꽃이었네 아무리 따도 바구니는 채워지지 않고 세상 모든 것이 다 멀리서만 그러하였네

목화를 따러갔네 목화를 따지 않았네 밭둑 사이 피어난 나무 그늘에 누워 하늘을 보았네 목화꽃은 이상하기도 하지 하늘에도 저렇게 많이 피어 있다니, 저 꽃으로 뭉텅뭉텅 바구니 채웠으면 좋겠다 그치? 없는 누이에게 말을 걸고 또 말 걸고, 잠이 들었네 몇 겹으로 꿈을 꾸면서

무제

따라오라던 말 들어오라던 말 괜찮다던 말
얼마나 컸나 만져보자던 말 자기 것도 만져
보라던 말 뜨겁지 않냐고 묻던 말 너도 나중에
이렇게 커진다던 말 남자끼리는 상관없다던 말
아무 말 말고 시키는 대로 하라던 말 누구에게도
얘기하지 말라던 말 사나이는 어디다 말하고
다니는 거 아니라던 말 제 기분을 내게 강요하던
말 더 이상 기억에 담고 싶지 않은 말 지우고
싶은 말 선생의 존경심 따위 모두 날려버린 말
어른이 된다는 기대감 따위 모두 앗아간 말 그때
당신에게 하지 못한 말 내 기분은 당신의 그것
같았다는 말 정말이지 네 뱀 대가리와 같다는 말

묵음默音

비바람 세찬 날, 그대의 모교 다녀오네
언젠가 그대가 내민 앨범 속 중학교
교문은 자물쇠 굳게 채워져 있고
빗줄기들이 닫힌 철문을 다시 빗장 걸고 있네
멀리서 바라봐도 주인 잃은 교사校舍
푸른 페인트가 이끼인 양 달라붙어 있네

이제 그대 모교도 그대처럼 폐교되었네
마지막 종소리 그쳤고 시작종 치지 않겠네
허나 학교 뒤편으로 솟은 천방산의 정기는
교가 속 가사처럼 언제까지 저리 푸를 것이고
교화인 듯 운동장의 몇 그루 무궁화
비바람 속에서도 꽃잎을 무수히 피워대겠네

그러니 왜 그대는 스스로 폐교되었는가
누구도 들락거릴 수 없게 문 닫았는가
나는 그대의 폐교사閉校辭 한 마디도 듣지 못해
철문 넘어 조회대를 이제라도 기웃거리네
왜 그대는 그대 교정에 개망초 꽃대만 키웠는지

해묵은 플라타너스 낙엽들을 잠재우지 못했는지

밤의 미장센

벤치에 털썩 주저앉은 배경의 사내가

마른세수를 하는 척 멈춘 손과 얼굴의 병치가

밤에서 새벽으로 넘어가는 쪽으로 부는 바람의 행방이

남아 있는 꽃잎을 듬성듬성 날리는 벚나무 옆 흐린 가등이

익숙한 풍경이라는 듯 시치미 떼는 봄밤의 습속이

벤치 위 무릎으로 고개 묻게 만드는 두 다리의 위작이

서서히 고조되며 들썩이는 체크 셔츠의 진동이

따라갈 수 없는 곳으로 떠난 사람을 꺼내지 않으려는 흐느낌이

그럼에도 조금씩 들켜버리고 마는 속울음 사이사이 호

명이

차라리 암전 속으로 사라지고 싶은 암묵의 사내가, 내가

밤의 저수지

달의 저편을 볼 수 있는 방법은 두 가지야! 당신이 말했죠 밤은 깊어가고 우린 저수지 근처에 있었죠 뒤편 저쯤에다 커다란 거울을 쏘아 올리면 돼! 하늘에는 보름 가까운 달이 떠 있었죠 나도 당신 따라 달을 올려다봤죠 언제나 같은 얼굴만 보여주는 달의 낯, 당신처럼 말이죠 다시 귀 기울이는 내게 당신은 말이 없었죠 한참 지나도 입을 열지 않는 당신, 저수지를 보고 있었죠 물낯에 환하게 떠오른 달

당신이 더 잘 알 거예요 밤마다 당신은 내게 저수지를 만들어주니까요 함께 건던 교각 아래 푸른 물은 넘쳐버렸고 소매를 붙잡던 그 밤의 악다구니들도 녹아 내려요 또 달이 떠올라요 오늘도 앞면만 보여주네요 당신처럼 늘 웃고 있는 달, 거울을 쏘아 올리는 대신 나는 저수지로 뛰어들죠 물낯을 허우적거리다 바닥으로 빨려 들어가요 거기 달의 뒷면이 있어요 온갖 기억 받아먹는 저수지가 있고 당신은 울고 있고

밥그릇 싸움

밥그릇이 사라지는 일은 눈 깜짝할 사이 일어나지 그 때마다 나는 징징, 당신은 껄껄 웃었지 오줌 누고 올 때나 TV에 정신 팔려 있을 때 그 일은 일어나지 어떤 날은 사라진 밥그릇이 밥상 아래 있었고 또 다른 날은 당신 밥그릇과 국그릇 가운데 섞여 있었지 나는 분했지 언젠간 나도 밥그릇을 숨기리라 하지만 좀처럼 당신은 밥상을 떠나지 않았지 한 번도 한눈팔지 않았지 그 사이 계절은 앞다투어 달려나갔지 당신과 나의 밥그릇은 서로 멀리서 냉기와 온기를 갈아치웠지 내 밥그릇은 점점 커지고 당신 것은 줄어든다는 소문 즈음, 당신이 먼 곳으로 출타했다는 전화 받았지 드디어 차례가 왔지 나는 당신의 밥그릇을 숨겼지 한 달을 숨기고 또 일 년이 가까워져도 이젠 내 밥그릇만 밥상 위에 덩그러니, 오늘 당신이 들른다는 소식에 당신 밥그릇 올려놓지 지나간 계절들 한꺼번에 맛보라고 차운 음식 데운 음식 모두 더불었지 그릇들 사이에는 현고학생부군신위, 촛불까지 켜놓으면서 하루 쉬어 가는 당신과 나, 밥그릇 싸움

방바닥은 출렁이고

총천연색이라는 말은 갈림길에서 배웠죠 유년의 나는 어쩐지 자꾸 밤길을 헤맸죠 칠흑 같은 밤만도 분에 넘치는데 발밑엔 자갈이 가득했죠 뒤꿈치의 물집 즈음에서 갈림길은 시작됐죠 마음이 조약돌만 한 나는 세상을 훔쳐보는 편이었는데요 멀찌감치서 길을 들여다보면 샛노란 자갈길이 한없이 펼쳐졌고 그 끝에는 노란 눈의 사나이가 자리했죠 노려보는 눈동자도 무서웠지만 물 한 모금 섞이지 않은 것 같은 환장할 노란색, 그게 더 두려웠죠 다른 길로 갈라치면 빨간 자갈길 빨간 눈동자, 파란 자갈길 파란 눈동자, 그럼에도 변하지 않는 건 사나이의 시퍼런 수염과 메마른 웃음, 나는 그가 누군지 알고 있죠 고열의 밤마다 찾아오는 그가 미운 게 아니라 그 밤마다 찾아오는 사나이가 그인 것이 죄스러웠죠 한참을 출렁인 후 목구멍 더듬어 소리 지르면 누군가 어깨 흔들었죠 반쯤 풀린 눈 들어 바라보면 그 사나이 또 나를 들여다보고 있었죠 다시 한 번 비명을 질렀죠 그가 측은한 눈빛으로 바라보고 있었지만 할 수 없었던 말, 웬일인지 당신은 내게 늘 총천연색이에요

별

늦가을 저녁은 어스름도 짧았지요 탈곡 마친 볏가마닐 경운기로 나르다보면 어둠은 깊어지고, 검버섯 핀 아버지 얼굴은 아예 깜부기 같았죠 경운기 몰며 아버지가 어둠을 헤쳐 집으로 향하는 동안, 기진맥진 짐칸에 누워 있었죠 환갑 넘은 나이에도 번쩍번쩍 볏가마니 나르는 아버질 따라하느라 온통 쑤셔대던 삭신, 하늘에는 가마닐 쏟아부은 것처럼 무수히 별들이 반짝였죠 바라볼수록 늘어나는 별을 보며 별들도 새끼를 치는구나 생각했죠 그중 몇몇은 별똥별 되어 우리 앞뒤로 쏟아졌고요 하아, 집에 도착하면 다시 가마니를 옮겨야 될 텐데, 옮겨야, 될 텐데, 물먹은 몸 감싸듯 별빛이 이불처럼 따스해지면서 경운기 소리 점점 멀어졌죠 주위에는 작은 손 흔드는 별 별 별……, 어깨 흔들려 눈 뜨니 말씀하셨죠 가마닌 내일 들여놔야겠구나! 아버지 따라 집으로 들어서는 내 머리맡에서 밤하늘 별들이 다행이야 다행이야 한 마디씩 거들고 있었지요

별사別辭 너머

1
잦은 헤어짐에 고개 숙였다
또 한 번의 거친 작별
익숙해지지 않는 상처가 있다
언제나 비슷하지만 새로운 몇 마디의 별사
이별은 말이죠 그러나 햇살만
무례하게 번지고 있었다

(커브, 언젠간 풀어져 흔적 없는
저 커브)

2
미안한 얘기 하나 해줄게요
때 이른 홍수로 자주 침수되던 곳이었죠
사람들은 떠나고, 비틀거리며 떠나고
아무도 남지 않았어요 황톳물은 성이 나서
더욱 제 몸을 휘둘렀고요 그러지마
물속 나무가 풀벌레가 속삭였어요
너도 여기서 살자

물 안의 집들이 손짓했어요

3
(백미러에 비추는 저 커브
언젠가 풀어져 흔적 없는 저 커브)

햇살의 반짝임에
눈이 번쩍 베었던가
비틀거리는 핸들 따라 교각 위 돌아설 때
수일 전 장대비 통통 불은 강 위
아무 일 없다는 듯 살랑살랑
수초들, 물낯에 입 맞추는
저 물새 몇 마리

병상 편지

그맨 흙장난을 좋아했지요 씻지도 않은 손으로 오줌을 누다가 어느 날은 고추가 퉁퉁 부어올랐는데요 지렁이 독에 쏘인 거랬죠 작은 병에 오줌을 채워 지렁이를 잡아넣었죠 미칠 듯 괴로워하며 뒤틀던 작은 몸뚱아리, 손쉽게 상대를 제압하곤 손을 탁탁 털고 일어났죠 이 밤 병상에 누워 생각해봅니다 이렇게 탁한 대기 속에 나를 집어넣은 건 누구인가요 언젠가 당신이 빚은 이 몸뚱어리를 스스로 뭉개려 한 적 있어선가요 팔목에 환형環形처럼 두른 흉터, 그땐 어쩔 수 없었다 말하면 당신이 이 형량을 참작해줄 수 있을는지요 창밖에는 보름달이 터질 듯하네요 밀물이 목구멍까지 차오르면 썰물 되어 빠져나가듯 고통도 말끔히 사라질까요 지렁이처럼 온몸으로 꿈틀대다가 어둔 밤에 대고 편지를 씁니다 당신, 아직은 손을 털지 마세요

불이라는 고리

1. 불의 기원

무논의 햇살에 반사된 보릿짚이 범인이었죠 농번기의 적막함은 공범이었고요 누항의 마을과 어울리지 않는 샛노란 빛깔, 적어도 소년의 눈에는 그랬죠 불은 방사형으로 뻗어나갔죠 검은 재만 남겨놓고, 어느 시절의 그 추문처럼 말이에요 소년은 덜컥 겁이 났죠 저 집안의 둘째 아들내미래, 망나니 같은 놈! 보여준 적 없는 내면을 들켜버릴까 걸음을 빨리했죠 툇마루는 소년을 숨기기에 적당했고 아버지의 불내음은 그를 그을음 가득한 마루 밑으로 포복하게 만들었죠 발화의 원인에 대한 뒷집 아줌마의 증언, 그리고 되풀이되는 아버지의 전언, 영선이랑 종문이 그놈들이란다 망할 놈들! 소년이 아닌 그의 또래들이었죠 이번에는 물풀 가득한 둠벙 속인 듯 찰방찰방, 그을음만 수초처럼 달라붙었죠 이건 꿈이야 혹은 가수 상태? 소년은 다시 수마의 늪으로 빨려 들어갔죠

2. 불의 발달

농번기 한가운데 놓인 농부들의 훈육 방식은 그를 쪼그라들게 만들었네 기둥에 묶인 채 맞았다는 또래들의 소문은 또 한 번 툇마루로 숨어들게 했네 어둠만 찾아다니는 쥐며느리거나 혹은 부지깽이에 깨갱거리는 강아지, 그의 신세는 선택지가 많지 않았네 해는 바뀌고 또래들의 눈빛에 무심해질 즈음 그에게도 거뭇거뭇 콧수염이 찾아왔네 그즈음 일찍 다가온 겨울이 누군가와 공범 되어 한 번 더 마을에 불을 질렀네 볏짚이었네 농한기의 괭이와 쇠스랑 따위가 홍염을 갈랐네 무료한 초겨울은 이미 그들을 한데 뭉쳐놓았고 거기 영선이가 종문이를 향해 키득이고 있었네 종문아 종문아 우리 재작년 그때, 보릿짚에 불 질렀을 때 겁나 재밌지 않았냐! 어떻게 돌아왔는지 그는 기억나지 않았네 그저 콧수염 사이로 혼잣말만 자라고 있었을 뿐, 세상에는 알 수 없는 일이 많았네 한걸음에 달려가 그들에게 캐묻고 싶었지만 그는 벌써 욕망을 잠재우는 법, 스스로 위로하는 법을 깨우친 나이가 되어버렸네

3. 불의 지속

TV 밖 사내의 시선에는 드라마 한 장면 펼쳐져 있고, 화면 속 주인공은 과거의 기억을 전혀 지우지 못하는 배우, 과잉기억증후군, TV 밖 사내는 생전 처음 듣는 병명이고, 이내 깊은 생각에 빠져들고, 아내가 불러도 대답하지 못하고, 그의 안중에는 어느새 샛노란 보릿짚 들어와 있고, 성냥 긋는 소년 있고, 하늘까지 치닫는 홍염, 아이고 아이고 아줌마 통곡 있고, 여보! 아내의 외치는 소리에 다시 화면 들여다보면 뉴스 앵커 역인 멀쑥한 아까 그 배우 있고, 인터뷰 진행 중, 출연자의 대사에 사고로 죽은 옛 애인의 사소한 말투까지 떠올리면서 눈물 가득 맺혀 있고, 인터뷰 멈추고, 방송사고, 다시 그 배우의 시선 속에서 빠져나온 TV 밖 사내의 눈엔 여러 날 꿈속 펼쳐지고, 소년이 놓은 불을 여기저기 옮기는 또래들, 그걸 목격하는 아줌마, 전언하는 아버지, 수군대는 마을 사람들, 다시 TV를 보면 배우를 애처로워하는 여주인공 있고, 함께 술 마시고, 잠시 후 서로 두 눈 그렁그렁한 채 입 맞추는 그들, 왜 또 그래요! 어깨 흔들려 고개 들면 TV 밖 아내가 어느새

다가와 있고, 그 품에 이제 막 첫돌 지난 아이의 꼬물거리는 발가락, 거기 입 맞추려 다가서는 사내 있고, 영원히 끝나지 않을 과잉의 기억은 흘러만 가고, 흘러서 다시 되돌아온다고들 하더라도, 그리고

살구나무 위에서

아저씨는 어둠 속에서 조그맣고 뭉툭한 뱀 한 마리를 꺼내고 있네요 혀를 날름거리고 있죠 이전에도 나는 살구나무 위에서 목격했죠 아저씨는 우리 집 돌담을 향해 자주 소변을 보았으니까요 게타리를 풀어헤치고 시원하게 오줌을 발사할 때 나는 키득거렸죠 오줌발에 비해 뱀의 크기가 형편없이 작았죠 아빠는 아무 데서나 뱀을 꺼내지 않았죠 들에 따라 나가면 자주 바지를 내렸던 나는, 소변을 보지 않는 아빠는 큰 뱀을 가지고 있어서일 거라 생각했죠 오늘 저녁은 아빠의 표정이 어두웠죠 잠결에서야 뒷집 아저씨와 드잡이를 했다는 말이 들려왔죠 나는 어느새 새총을 든 채 살구나무 위로 올라와 있죠 어둠 속에서 뱀을 조준하죠 갑자기 대가리가 번쩍 빛을 발하더니 거대한 구렁이가 되네요 언제 왔는지 아빠도 나무 아래 서 있지요 아저씨의 뱀이 입을 쫙 벌리더니 아빠를 삼켜버렸죠 힘없이 당했죠 살구나무로 올라와 내 것까지 해치우려 하자 나는 두 손으로 있는 힘껏 나의 뱀을 감싸죠 뜨거운 것이 줄줄 흘러내렸죠

색채원근법

풍경을 어떻게 그리는지
저 목련은 알고 있다
물감을 부지런히 제 몸에 찍어대는 것
당신은 캔버스째 데려가겠다는 듯
무작정 셔터를 눌러댔다 그때마다
주변 꽃들도 덩달아 터지기 시작했다
당신의 거둔 시선이 먼저인지
이어진 꽃들의 개화가 먼저인지 헷갈렸다
목련은 어깨를 떨구었다
떨군 어깨가 흐려져갔다

마음을 꺾는 방법을 우린 알고 있다
멀어지는 풍경을 만드는 것이다

세 겹의 애자*

전신주 우는 겨울밤에는
이불 속으로 파고들었다
애자 우는 소리는
귀신 소리로 밤을 맴돌았다
낮에는 영 울지 않고
밤이면 다시 어둑서니로 살아났다

당신은 자주 골목길에서 울었다
어느 날은 선 채로 울먹이고 있고
또 어떤 밤은 아예 엎어져
쓰러진 전신주처럼 울었다
마치 애자를 가득 품고 있다는 듯

겨울밤이 두려웠던 유년처럼
어둑서니 되어 나는 바라보았다
어느 날 당신과 나 사이에
팽팽한 전선줄을 발견하였지만
시간은 낡은 전신주처럼 흘러간 뒤였다

그제야 내 안에도 애자가 울기 시작했다

* 礙子, 哀子, 愛子

소리풀

뫼등에 누워 있었죠 칠흑 같은 어둠 속에서도 낮은 등성이라는 걸 알 수 있었죠 어디선가 물 흐르는 소리, 두세 군데 여울목이 합쳐져 울리는 소리였죠 귀 기울여보니 두런거리는 목소리 함께 섞여 있었죠 개울 쪽으로 다가왔을 때 두 손 위에 갑자기 소리풀 놓였죠 처음 보는 풀인데 어떻게 그 이름 떠올랐을까요 낮 동안 사람들 하는 말 들어두었다가 고요한 밤 그대로 중얼거린다는 풀, 흔들리는 삶을 흉내 내는 풀, 사람이 피리를 부는 것은 바람 소리를 닮고 싶어서라는데 소리풀은 무얼 닮고 싶은 건지, 눈이 시렸죠 자꾸 감기는 눈 비비다 크게 떴을 때 순식간에 어둑서니 다가와 소리풀 꺾었죠 연했던 새순 싹둑 잘리고 바람 소리만 휘익 스쳐 지났죠 꿈속에서 처음 보는 소리풀, 낯선 기억이었죠

손등이 젖는다

나는 그를 잘 안다
그의 몸에 이파리로 달라붙어서
살랑살랑 봄바람 불 때면
걸음마다 나는 팔랑거린다
때론 축축한 꿈길 위
훠어이훠어이 소리 높일 때도
기꺼이 그를 휘젓는다
그러나 그를 잘 모른다
꽃잎을 보여주지 않는 그는
나에게 늘 돌아앉은 등과 같다
아침에 꽃봉오리 단장할 때
저물녘 이마를 짚어볼 때도
나에게 항상 메마르다
그런 그가 오늘 허둥지둥
꽃잎을 갖다댄다
얼굴 쓸며 무너지는 그 앞에
사진 속 낯익은 꽃잎이 웃고 있다
허물어지는 그를
낯선 이파리들이 부축한다

아주 천천히
솟구치듯 일어서던 그가
다시 마른 대궁처럼 몸을 꺾는다
나는 바닥에 조용히 낙엽 되어 놓이고
갑자기 그가 얼굴을 맞춘다
저음의 진동으로 들썩인다

송화松畵 한 폭

봄이라며 당신은 목련꽃 봉오리를 보내주셨지만요 저는 캔버스에 솔잎을 그려 넣고 있어요 며칠 뒤면 또 제법 벙근 꽃잎을 찍어서 보낼 테지요 그때쯤이면 저는 잔솔가지를 그릴 겁니다 어찌 목련꽃뿐이겠어요 산수유꽃일까요 생강나무꽃일까요 아무튼 노란 꽃잎에 살짝 현기증이 나겠지요 그러면 저는 오히려 지난겨울 솔바람 소리 모으던 당신의 차가운 웅달 떠올릴 겁니다 처마 밑 고드름 녹이던 바람도 눈 쌓인 그늘에서는 꽁꽁 얼어붙고 말았었지요 멀리서도 내 셈을 알아차린다는 듯 당신은 꽃무릇이며 꽃창포 따위를 줄곧 보내며 꽃그림을 종용하겠지요 그러면 저는 소소리바람 쓸려 송홧가루 날리는 소나무 숲 그걸 그릴 수밖에요 어쩌면 당신 풍경엔 꽃 나비도 묻어오겠지만 소나무에 그런 것들이 가당키나 하겠어요? 허허 내 정원에는 침엽수가 없어! 언젠가 자랑스레 당신이 말했지만 제 캔버스엔 솔잎만 무성한 걸요 바늘만 솟아 있는 그림을 왜 새기느냐 묻는다면 당신도 알잖아요 곁을 주지 않아 당신은 침엽針葉이니까요 따라갈 수 없는 곳으로 떠난 당신은 환영幻影이니까요

순장

불이 소일하는 바람 불러오면
곡기 끊은 것들 차례로 춤사위에 몸을 맡긴다
불은 늘 구두의 손만 늦게 잡는다
한참 바람과 함께 제 몸 늘려 치수 재다가
한 번 간택하면 혀부터 날름 신어버린다
온몸을 구두에 다 집어넣은 불
연깃길 따라 올라간다 그 길 구불구불 험하다

나는 잠깐 생전生前의 그의 불길 생각하다가
화창한 하지녘 곧은 미루나무 바라본다
쉽게 구부러지거나 뿌예지는 가지들
하여 구두를 피안의 길로 안내하던 불쏘시개
타다 만 이승의 잿더미 속에 내려놓는다
꼬부랑길에 지팡이를 마련한 불이
절룩절룩 멀어진다 잦아들었던 바람
다시 찾아와 재 먼지 일으킨다
눈이 따가운 나는 목 놓아버린다

스트레인지-사운드*

판서를 하려 돌아설 때 그대 떠올랐지
설명문을 가르치는 중이었거든
그댈 만나 푸념할 때마다
가르치기 힘든 부분이라며
맞장구치던 과학기술 분야
상태변화에 대한 지문이었지
고체가 기체 되는 것을 승화라 한다는데
그럼 그대도 기체 된 건지
한 줌 연기로 사라진 건지
승화가 일어날 땐 에너지를 흡수한다는데
내 열기를 그대는 모두 빼앗아간 걸까
어느새 나는 나프탈렌 되어 있었지
그럼 그대는 무얼 내놓은 걸까
올려다봐도 하늘엔 아무 흔적 없는데
우리가 하늘이라 믿던 칠판 앞에는
이제 나만 홀로 서 있는데 그래서
오늘따라 연이어 분필만 부러진 건지
끼익끽 소리 자꾸 교실을 채웠던 건지

* 전 세계 하늘 곳곳에서 들리는 원인 불명의 소리

시계째로 당신을

기억 속에서 먼 당신을 데리고 옵니다
나는 너에게 잊혀진 사람이어야 한다며
당신은 울부짖겠지요
잠재웁니다 벽에 집어넣습니다
누구도 들어올 수 없던 캄캄한 곳에
이런 공간이 있었다니요
천천히 눕힙니다 한 겹 두 겹
겹겹으로 시멘트를 바릅니다
처음부터 가두려 한 건 아니었습니다
어르고 달래도 진정되지 않는 당신
항상 그랬던 건 나였지만요
근데 어쩝니까 벽을 타고 들려오는
당신의 알람 소리, 그마저도 고장 났는지
귀뚤귀뚤 오늘은 밤새 울어댑니다

시작종은 울리고

우리는 자주 동그랗게 뭉쳤네 서로 어깨를 걸고 강강술래! 그들은 날 가운데 두고 선창을 기다렸네 '내가 뭘 잘못했는데!' 이어지는 후창 '오오 뭘 잘못했을까아' 그리고 벼 타작 후두둑후두둑, 계피 껌을 샀네 쌉싸래한 맛은 볏가리에 몸을 기대게 하고 하늘에는 낮달! 쪽배는 내게 없어 단물만 빠져갔네 내일은 어떤 길로 돌아갈까 어떻게 소릴 메겨야 할까 까무룩, 꿈속에는 달아달아 밝은달아 모두 흉겨웠네 어디선가 우르르 토끼 떼 나타나 절구를 찧었네 쿵쿵쿵쿵, 나는 소스라쳤네 시작종은 울리고 하늘은 푸르고 아무도 찾지 않고 시발, 처음 뱉은 욕은 유용했네

신新 도솔가

들깨 베던 어머니, 노래 불렀네 하늘의 해가 밤에도 떨어지지 않으면 그걸 변고라고 외쳤다네 가로등 밑 들깨는 열매를 맺지 못했네 어둠이 있어야만 꽃이 핀다고 어머니는 장다리 같은 들깻대 안쓰러워했네

밤을 걷다보면 해가 수십 개 떠 있는 이 도시, 겨울에도 복숭아꽃 살구꽃 지지 않는 거리에서 우리는 들기름 한 방울도 얻지 못하네 마음의 수은주 펄펄 끓어, 키만 훌쩍 커버린 사람들끼리 가로등 밑에서 소쩍소쩍 울음 터네 세상의 어머니는 자식들 토악질에 속이 쓰리고 골목마다 거친 주술呪術, 욕설처럼 질펀해지네

쌀썩은여*

내 마음 한 켠에 섬 있네
섬이라 부르기 더없이 외진 그곳
아내에게도 아이들에게도
사십 년 지기 벗에게도
보여주지 못한 곳, 어느 날인가
몰래 그들이 문을 두드렸지만
파선된 세곡선稅穀船처럼
다친 마음만 여러 짐 부리고 갔네
쌀 썩어 가득 쌓여가는 작은 섬
아예 암초가 되어버렸네

* 안면도 부근의 여

아리아

엄마가 보고 싶으면 아, 아빠가 보고 싶으면 오, 하는 놀이였죠 동생은 자주 울었으니까요 엄마아빠가 늦는 저녁마다 동생을 달랬는데요 밤에 울면 뱀이 나타난다는 미신 따윌 그는 곧이들었죠 그날 저녁도 어스름 없이 밤이 되었죠 울음의 시동을 걸기 시작한 그를 뒤뜰로 데려갔죠 중간중간 울먹임이 새어 나왔지만 그것마저 막을 순 없었죠 그들이 늦게 오거나 아예 오지 않을 것임을 나는 알고 있었죠 살구나무를 사이에 둔 뒷집 부부는 엄마아빠를 감옥에 집어넣을 작정이었으니까요 간장독을 모두 열고 바닥에 쪼그려 앉은 채 동생의 소리에 맞춰 리코더를 불기 시작했죠 밤에 울고, 밤에 피리를 불고, 밤에 간장독을 열어놓으면 뱀이 나온다고 했으니까요 실눈을 뜨고 보니 구렁이 너덧 마리가 혀를 날름거리며 뒷집으로 넘어가는 게 보였죠 담을 타고 들려오는 비명, 우리는 서로 기대어 스르르 잠이 들었죠

어둑서니 당신

밤길에 자꾸 아이 나타나요 말없이 서 있지요 표정을 보려 해도 보이지 않는 이유가 어둔 골목 때문인가요 없는 얼굴 때문인가요 아무 이름 부르지요 무서운 건 귀신 따위 아니니까요 갑자기 환해지는 얼굴 속 초점 없는 눈동자, 차가운 콧날, 입가의 메마른 웃음

나는 나그네 아니에요 당신이 맘껏 데리고 노는 뭇 사내 아니에요 서늘하고 말라붙은 심장 여기 없어요 내가 두려운 건 눈을 맞추려 하지 않는 당신이지요 오늘도 눈길 주면 당신은 몸집을 불리지요 거인만 해지고 집채만 해지고 당신 발밑에 얼어붙으면 어느새 깔리는 내 몸뚱이

뭉개져 죽어도 상관없어요 다만 당신의 지도에 내가 사라지겠죠 당신의 먹이는 잘 익은 오해니까요 눈길 주지 않으면서도 받지 못하면 작아지는 당신, 집채만 했다가 거인만 했다가 아이 되는 당신, 한 마디도 못 건넸는데 도망가는 꼴이라니, 허나 뒤통수에 대고도 차마 못 건네는 말 있어요 '당신, 내 꿈에 나타나지 마세요'

연기

버스가 멈춘다 이번 정차할 곳
울바위 화장터
굴뚝 위로 연기 피어나고
승객들 반대쪽 창으로 고개 돌린다
한 사내가 창밖으로 침을 탁 뱉는다

쓸쓸했던 상주喪主
모두 하관을 흘끔거렸고
누군가 발끝으로 침을 비볐다
서러워 함께 묻히리라, 허나
터벅터벅 사람들의 마을로 내려왔다
쉽게 봉분에 입 맞춘다면 주검의 방
우리들 문패까지 넘치리라는 생각
하늘로 연신 띄워 보내면서

들뜬 경적 울리며
사람들은 땅을 달린다
온갖 그림자 같은 이름으로
세간 가득 채워

아득한 하늘가에 세워놓은
너의 성城 아래에서

우물 마른 자리

옷을 잡아당기자 못까지 빠져버렸다
방 안을 내려다보던 그가
댕그랑, 마른 몸뚱이를
바닥에 내려놓게 된 것이다
옷가지를 그러모으던 손을 멈추고
그가 빠진 자리를 들여다본다
언제 적부턴가 붉은 눈물 맺힌 흔적 깊다
분명 그가 사는 곳은 절벽이었다
물 한 방울 고일 수 없는 직립,
그가 우는 것을 보거나 들은 적 없었다
다만 목격된 것은 몸 위에 걸쳐 있던
무거운 몇 개의 그림자,
안구 건조증이 있으면 치료를 받으셔야죠
제가 여러 차례 말씀드렸잖아요
그러나 아무도 진찰실에 데려간 적 없었다
그가 젖는다면 우리 모두
그림자를 걸쳐둘 수 없었으므로,
병을 키운 건 그가 아니었다
걸치고 있던 옷을 태우고 나서야

장막 뒤에 숨어 운 그가 발각되고 만 것이다

웅크린 아이

소년의 방에는 갈래머리 예쁜 짝꿍 없고
하굣길에 눈이 가던 여중생 사라져버렸고
갓 배운 영어로 만든 야한 비속어 보이지
않고 알몸의 여인 웃음 짓는 도색잡지
불태워졌고 몽정의 뜨거움 따위 꽁꽁
얼어버렸고 소년의 방에는 한 사내 있고
그의 옷을 모두 벗겨버리고 엄마아빠
묶여 있던 포승줄로 그를 칭칭 감는 소년
있고 그러다가 빠뜨리고 묶지 않아 뱀
되어버린 그 사내 성기 있고 커다란 바늘로
대가리 무찌르는 소년 있고 그래도 혓바닥
내미는 구렁이를 어쩌지 못해 어디선가
몰고 온 굴삭기로 방바닥을 구멍 내고
벽을 뚫어버리고 뒤곁 호두나무에서 떨어진
호두알 모조리 으깨다보면 구석에서 울고
있는 어린 동생 있고 인사 받지 않던 동네
사람들도 수군대지 못하는 거대한 중장비
그 안에서 거친 숨 몰아쉬는 소년 있고
주변인 없고 질풍노도 없고 축축함 없고

야릇함 따위 더더욱 없고 너의 꿈속에서는

저 햇빛 속 지렁이

퉁퉁 부은 아이의 생손처럼

흐물흐물 장마 끝 뭉그러진 낙과처럼

다닥다닥 쉿밥인지 개미인지 지남철처럼

바삭바삭 하얗게 꼬리가 말라버린 별똥별처럼

툭툭 발길에 채여 길섶으로 밀려난 삭정이 잔가지처럼

주르륵 삽 위에서 쏟아지던 황토 속, 사라져가던 당신처럼

저수지의 밤

이 밤도 수문 앞에 서 있네
당신과의 수위를 줄여야 하네
어떤 저수지든 슬픈 설화는 있다며
일찍이 당신의 손을 뿌리쳤네
그게 무슨 말도 안 되는 핑계냐며
오늘 당신은 산발한 채 스르르
발도 없이 긴 방죽 건너오네
이 정도 돼야 전설이지 않겠어요
물낯 가운데 달빛만 잔인하고
어어어어 나는 수문 밸브 헛돌리네
살려달라 붕어 입술처럼 빼끔거리다
저수지 속으로 빨려드네
아무 일 없다는 듯 물낯 잠잠해지네

점묘의 나날

당신처럼 어눌한 화가는 처음이다
밑그림을 한 줄도 그리지 않았기에
채색이 시작될 거라곤 생각 못 했다
한 마디 말도 없이 세상을 건너뛴 당신
구멍 난 캔버스가 보이지 않냐고
어찌 내 앞에서 무례하게 붓을 드냐며
수많은 밤 당신의 팔레트를 집어던졌다
펄펄 뛰던 밤들이 감히 지나가버리고
꿈마다 찾아가서 훌쩍거리면
벚나무에 물어보라 당신은 시치미 뗐다
지는 꽃잎은 꽃자루를 뒤돌아보지 않는다는 듯
봄밤은 제멋대로 벚꽃잎을 점점이 휘날리고
따지고 보면 절필을 강요한 건 나였다
누구보다 아둔한 캔버스였다

콧대를 짓이기다

처녀 출항! 콧대만큼 높은 돛대를 달고! 하지만 선장은 소년이 불편했다 무례하게 다가오는 너울처럼 소년은 불온했으므로, 지각 또 지각, 아무도 깨워주지 않는 세상의 결손을 소년은 그렇게 하소연했다 전화기엔 소년 대신 할아버지 비틀어진 목소리뿐, 툭툭 끊기는 가정통신, 선장은 무얼 했던가, 수차례 상담 혹은 협박, 거친 두어 마디 전홧말로 아침잠 깨우기, 허나 소년은 서툰 선장을 받아주지 않았다 회초리—바다 저쪽 신기루처럼 아름답게 왜곡된 이름 — 그걸 휘둘렀던가 이게 최선의 방법이지 아무도 거들떠보지 않는 세상, 네 마음 헤아리는 건 나밖에 없어! 가까스로 배의 난간 잡고 있는 소년을 심해 저편으로 떨군 줄 모르고, 뭍에서 너무 멀리 와서 아예 대답조차 없던 무선통신, 이젠 결석 또 결석 퇴학 제적 그래서 그해 바다는 고요해졌던가 노여움 덜기 위해 바쳐지는 바다의 제물…… 꿈이었나, 십 년 훌쩍 지나 만난 소년, 왜 아직 교복 입고 있어? 선생님, 전 이 옷밖에 없어요! 소년의 발치에 파도 되어 엎드렸다 내 꿈에 왜 찾아오니, 나는 네 선장이 아니잖아 선생이 아니잖아! 불면의 해초 되어 어둠 속 머리만 흔들었다 밤새 콧대를 짓이겼다

크락션이 울렸네

크락션이 울려 돌아보았네 선생님이었네 묻지도 않고 옆자리에 탔네 참 많은 얘기를 했네 대학 다니면서 온갖 각오와 졸업 후 버둥대던 날들, 일자리가 없어 일 년 더 공부를 하겠노라는 말과 또 다른 안개 같은 말들과 아지랑이처럼 아른거리는 눈앞, 우리가 타고 있는 것은 어느새 자전거로 바뀌어 있었네 묵묵히 페달을 밟았네 나는 뒷자리에서 보고만 있었네 허름한 시장 골목 어귀에서 그가 말했네 이제부터 네가 자전거를 끌어야 해, 남겨진 나는 비틀대며 제대로 몰지 못했네 저만치서 친구들 몇이 밥 먹자고 손짓을 했네 식당엔 사람들 너무 많았고 어딘가 모르게 허술해 보였네 국밥 같은 거였는데 양념을 구하기 힘들었네 순식간에 일렁이며 그들이 싸우기 시작했고 싸움을 싫어하던 애들도 서로 멱살을 잡았네 분명히 나는 반 그릇도 채 먹지 못했을 때였네 어지러웠지만 너무도 생생했네

패

메리는 유난히 나를 따랐죠 그날도 살구나무 밑동에서 낑낑, 다 먹고 남은 살구 씨로 메리의 콧등을 겨냥했죠 깨갱대다가 금세 혓바닥을 내미는 모습, 살구의 시큼한 맛이 물릴 때까지 반복됐죠 그 밤은 밤새 앞마당에 누워 있었죠 몸은 점점 생선 대가리로 변해갔고요 아무리 외쳐도 들릴 리 없는 고함, 메리는 씹지도 않고 나를 삼켰죠 캑캑, 대가리를 뱉어내더니 그 위에 뱃속의 것을 모조리 게워냈죠 얼굴째로 나는 그것들을 받아냈죠 등교 중이던 아이들이 우르르 몰려들었죠 자주 나를 둘러싸던 녀석들, 이빨을 드러낸 채 메리도 그들 따라 웃었죠 메리가 그들과 한 패인지 그들이 메리와 한 패인지 헷갈렸죠

피아식별

길 가다 마음에 안 들면 누구든 해치워버려! 그 사내는 내게 무기를 달아주네 든든하네 우리는 흠뻑 취한 채 헤어졌고 시끌벅적한 거리로 나는 들어서네 웬일인지 적막, 적이라 여기는 것들은 죄다 겁먹었는지 빠르게 달아난 뒤네 달이 이우는 걸 보니 자정이 지났네 달빛에 반짝 빛을 발하는 무기, 한 번도 써먹지 못할까 중얼거리네 누구든 걸리기만 해라! 한 번 더 되뇌네 왜 아무도 없어! 그때 어디선가 그 사내가 휙 얼굴 들이미네 나는 놀란 척하지 않기로 하네 그래 너 이 자식아 네가 제일 문제야! 나는 사내에게 총구를 겨누네 시발시발 난사하네 그는 나처럼 고개를 자꾸 주억주억, 비겁한 놈이야 너는, 꼭 이럴 때만 나타나, 뭐라고 지껄이기라도 해봐! 그가 갑자기 내 무기 속에 손가락을 넣네 나는 모든 걸 토해버리네 전쟁 통에 무기를 모두 잃은 패잔병 되네 달빛은 점점 이울고 우린 서로를 부축, 그 사내는 또 내 안으로 숨어버리고 나만 홀로 남아 비틀비틀

피항避航

돛으로 몰려드는 바람이 심상치 않아요 이제 항로를 벗어날 시간이에요 일 년 전 태풍의 시절처럼 말이죠 길어야 사나흘 정도의 피항이라 생각했죠 허나 밤바다에서 바라보는 별이 한없이 새끼를 치는 것처럼 밤은 또 밤을 낳았죠 어느 밤은 앞배가 빠져나가지 않아 어떤 밤은 뒷닻이 풀어지지 않아 또 무수한 어느 밤 동안은 천지사방이 여울목 귀신처럼 울어대서요 어찌 당신 품을 떠날 수 있겠어요 밤새 한잠도 자지 못해 붉어진 눈으로 뭍을 올려다보면 아무 말 말고 하루 더 쉬어 가라고 돛대를 입술에 갖다 대던 당신이었지요 아 모항母港, 모항모항 입 안에서 마구 맴돌았지요 올해는 정말로 며칠만 머물겠습니다 까치놀 사라지기 전에 어둠 깊어지기 전에 피항항避航港 당신 품으로 가겠어요 그런데 아까부터 선장은 소리 질러요 거긴 벌써 몇 해 전에 폐항돼 버렸어

해돋이 단상

원-웨이 티켓 원-웨이 티켓*
한 번 가면 돌아오지 못하는 길 있다고
포장마차는 밤새 외친다
가시 관목 사이 끼어 있는 저 축구공
쭈글쭈글한 채 어디로도 떠나지 못한다
제 처지를 읊는 노래를 듣는다면
심정이 어떠할까 그런 사람 있었다
저수지였고 안개 피어오르는 밤이었다
밤새 어떤 실연의 노래를 불렀고
제 노래에 취한 사지는 벌벌 떨렸다
해가 시리게 돋았고 꼬박
하루 만에 젖은 티켓으로 떠올랐다
왕복권을 버렸다 다시 또
거리엔 입술 쭈그러든 종이컵과
필터만 남은 담배꽁초의 새벽
도로 양옆으로는 불 꺼진 채
마구 정차해 있는 자동차들
따지고 보면 아무도 새 차를 살 때
연탄불 피우며 잠들

훗날은 생각지 않을 것이다
해가 돋을 때는 바람이 잠깐 멈추기도 한다
허나 모든 살아 있는 것들에게 외치듯
바람은 편도로 분다 만약
방향이 바뀐다면 그건 오늘의 바람이 아니다

* 팝송 'One-way ticket'

행과 행 사이

이른 봄이면 당신은 매일
들판에 나가 시를 지었다
당신이 가장 자신 있어 한 것은
행을 나누는 것이었다

나는 겨우 새참 막걸리를 날랐다
당신의 일소나 쟁기가 될 수 없었기에
다랑논 첫머리에서 당신을 부른 후
독새풀이나 뜯고 있었다

당신이 막걸리를 마시는 동안에도
나는 당신이 행갈이 마친 시편에
한 번도 눈길을 주지 않았다
당신의 시풍은 늘 고루하였다

나올 것 없는 논바닥을 뒤적이며
시를 쓰는 당신이 싫었다
차라리 가까운 어물전에서
새우젓이라도 뒤적이길 바랐다
〉

당신이 시를 마저 완성하려고
들판을 자주 들락거리던 어느 계절
나는 당신을 떠났다 도시 어디에라도
멋들어진 시를 남기고 싶었다

당신은 끝까지 흙에다 시를 쓰다 갔다
마지막까지도 고루했던 당신의 시와
갓 세련된 척하는 내 시 덕분에
우리의 행간은 끝내 좁혀지지 않았다

허구한 날 우리는 운동장에 모여

허구한 날 우리는 운동장에 모였죠 그는 자신의 중심부를 바지 밖으로 내놓고 있었는데요 선생님! 지퍼 열렸어요 말도 꺼낼 수 없었죠 자신의 설명을 듣지 않으면 귀싸대기를 날리겠다고 했으니까요 그는 이전에도 자주 중심부를 교탁에 부비곤 했죠 그런데 지금 그보다 중요한 건 설명에 집중하는 거지요 축구를 못하는 건 죄악이라 했죠 초등학생이더라도요 구제받을 수 있는 방법은 자신의 설명을 잘 듣는 것, 도움닫기와 디딤발과 아랫부분을 찰 것을 강조했죠 이제 그는 편을 가르자고 할 거예요 아니나 다를까 등신 같은 것들은 자기랑 편을 하자고 했죠 그래야 균형이 맞다고요 나는 등신에 속했죠 게임이 시작되고 수비수인 내게 공이 날아오자 그는 저만치서, 제대로 막지 못하면 가만두지 않겠다 소리쳤죠 부웅 날아오른 내 몸이 운동장에 내리꽂혔고 그가 다가와 등신등신! 고개 숙인 채 곁눈질로 바라보니 중심부가 축구공처럼 커져 있었죠 도움닫기와 디딤발로 아랫부분을 걷어찼죠 순간 중심부가 터지더니 사방으로 흩어졌죠 퉤! 마른침 뱉는데 어깨가 흔들렸죠 여보! 자면서 침 뱉는 사람이 어딨어욧 아내가 기겁을 했죠

헛꽃

호수공원 들어서다 멈춘 땅에
윤슬 대신 개망초꽃
폐허와 어울리지 않게 지천이다
안전제일 테이프며 고깔 주변이며
포크레인이 파놓은 구덩이까지
잠식하지 않은 곳 없다
벌 나비 없어도 괜찮다는 듯
개망초라는 이름에 항거하듯
제 딴에는 온몸으로 피어나고 있다

당신이 온다는 소식에 나도 저렇게
몇 겹으로 꽃 피웠던 적 있다
올 수 없다는 전갈에도 차마
피우던 꽃을 멈출 수 없었다
미련한 제 이름 탓하며
당신의 알 수 없는 내막 나무라며
밤이며 낮이며 꽃은 피어났다
호수를 이루었다

환난, 것들로부터의

커다란 열기구에 탄 채로
손을 내밀어 대바구니에 가득 찬
꽃게보다도 작은 생명들을
바다에 던지고 있었는데
그것들은 부메랑처럼 생겼고

바다에는 안개가 자욱했고
생각했던 것과 달리 그것들은 자꾸
갯벌 쪽으로 떨어져서 바위에 부딪혔고
더 멀리 던져보아도
떨어지는 곳은 늘 일정해서

그러려고 한 것은 아닌데
의도와 결과가 다른 것도 그렇고
머리가 터졌을지 몰라 가엾기도 하여
기구에서 훌쩍 뛰어내려
괜찮은지 다독이려 하였는데

생각보다 단단한 껍질로 둘러싸여

몸속은 피멍 들었어도
겉으로는 멀쩡한 채
집게다리를 들이밀며
한꺼번에 공격해오고 있는 터라

기구에 올라타려던 순간에
하늘에서 갑자기 먼지바람이 일더니
타고 온 기구가
두 쌍의 회전익으로 떠오르면서
헬리콥터 되어 나를 버리고

나오는 시
— 껴묻거리

잘 익은 슬픔을 꺼냅니다
서운하지 않게 며칠이고
놀아줍니다 다독입니다
편안한 잠에 빠질 수 있다며
데운 약을 마시게 합니다
돌변합니다 갑자기 뒤에서
머리를 후려쳐 기절시킵니다
혹시 모릅니다 그가 뒤돌아볼지
그래서 복면을 써둡니다
후환은 두렵지 않습니다
다만 끝없는 구렁텅이에 사는
그의 습속, 그를 빼고는
모두 다 알고 있습니다
이제 묻어줄 차례입니다
당신 옆에 당신의 장신구
그 옆에 잘 익은 나의 슬픔
모두 당신 것이니까요
그런데 당신은 어딨습니까
당신만 묻어주면,
고이 묻으면 되는데 말입니다

해설

피투성(被投性)의 자아와 기투(企投)하는 시(詩)

— 공감의 폭포수 속으로

이령(시인)

1. 들어가며

이번 시집은 배세복 시인의 두 번째 시집이다. 그는 2014년 광주일보 신춘문예에 시 「몬드리안의 담요」가 당선되어 문단에 나왔다. 동명의 첫 번째 시집 『몬드리안의 담요』를 통해 그는 수직과 수평이 포개어진 그리드(grid), 조형적 표현의 구체화 혹은 리얼리티의 재창조를 형성하며 사람과 사람 사이의 관계성에서 도출되는 혼종(混種)과 그 속에서 혼돈되는 자아 정체성에 대한 물음을 내면화하며 진중하고 다채로운 글의 체화(體畵)를 보여주었다. 따라서 주관의 객관성이 담보되면서도 역동적이면서 신선한 이미지가 부각되어 발간 후 큰 이목을 받은 바 있다.

반면 이번 두 번째 시집은 대상과 추억과 아픔과 치유 과정을 섬세하게 표현하며 시인 자신의 내면으로 좀 더

근접해가는, 즉 객관의 주관화 과정이 짙고 깊게 드러난다. 이는 시인 자신의 어떤 시적 태도 혹은 삶의 깨달음에서 기인한 것일 터, 그의 두 번째 시집을 접한 독자는 '시인으로서의 배세복'보다는, 한 '인간으로서의 배세복'이라는 인물과 더 친숙해질 것이다.

그의 두 번째 시집 『목화밭 목화밭』의 페르소나(persona)는 크게 세 부분으로 나눌 수 있다.

첫 번째, 대상의 재창조와 인식의 전환

두 번째, 상처의 재구성과 자아의 재발견

세 번째, 상처의 치유와 극복 의지

자크 데리다(Jacques Derrida)가 '유령론(hantologie)'을 제시하며 인간이 과거 경험했던 혹은 목도(目睹)했던 여러 가지 상처의 현화(現話)를 제시했고, 맥두걸(William McDougall)은 상처와 트라우마의 현실적 극복 방법을 제시한 바 있다. 그가 제시한 상처 치유의 방안은 우선 상황을 명확하게 파악하고 건강한 관계의 경계를 정할 방법을 찾아 고수하며 차후 잠재적 위험 상황에 대비해 자신에 대한 시간과 인내 그리고 정체성을 찾아보도록 시간을 가지라고 이른다. 여기서 가장 중요한 방안은 생각하는 방식을 바꾸는 연습을 하는 것이라고 했다.

시인은 시를 통해 개인적인 일을 기록하고 차후 가중된

우울을 추측하는 일이 없도록 자신을 갱신하며 상처 극복의 의지를 개진하고자 한다. 배세복 시인의 두 번째 시집 『목화밭 목화밭』의 전반적인 내용이 바로 이러한 개인적 상처의 기록이자 그것을 극복해가는 일련의 시인 자신의 심리적 사투(死鬪)이며 스스로에 대한 위안이다. 따라서 그의 시집을 읽고 공감하는 독자들은 한 시인의 개인사를 통해 자신의 상처를 반추하며 깊고 냉정하게 들여다보고 함께 위안을 받는 경험을 하게 될 것이다.

2. 대상의 재창조와 인식의 전환

시 속의 대상들은 객관적 상관물로서 시인의 여러 가지 심리적 갈등과 수긍과 극복의 양상으로 도출된다. 시인 자신의 고유한 심리 구조와 사회적 요구 간의 타협점에 도달하기 위해 부단히 자신의 인식을 개진하고자 노력하는 삶의 모습이 눅진하게 녹아 있다. 따라서 시 속의 대상들은 그 자체로서의 일차적 의미화를 넘어서고 있으며 시인만의 독창적 서사화(narratives of self)를 창조하며 시인 자신과 주변 세계에 대한 상호 관계의 타협점의 가능성을 시사하고 있다. 그가 시에서 보여주는 대상들은 시인 자신은 물론이거니와 동시대를 살아가는 이들의 사회적 고립감을 대체하기 위해 새롭게 구성된 대(對)사회적 페르소나라 할 수 있겠다.

시인은 대상이 나에게 들어온 것이 아니라 내가 대상을 새롭게 구성하는 코페르니쿠스적 인식의 전환을 보여줌으로써 자신의 인식 체계가 구성한 대상을 깊이 들여다보며 그러한 과정을 시로 승화하면서 아프지만 마냥 아프지만은 않은 어떤 생의 극복 의지를 표명하고 있다.

사내가 창밖을 내다보니
개 한 마리 벤치에 엎드려 있었다
젖은 몸이 어딜 쏘다니다 돌아왔는지
가로등 불빛에 쉽게 들통났다
서서히 고개 돌려보니
곳곳에 개들이 눈에 띄었다
야외 체력단련기구 위에도
지친 여러 마리의 개들
차가운 철제 의자에 젖어 있었다

당신이 떠난 후로 습관처럼
밤은 또 개를 낳았다
그것들은 흐리고 가는 울음이다가
가끔은 말도 안 되게 짖기도 한다
어떤 밤은 안개라는 이름으로 부옇게

또 다른 밤은 번개로 울부짖다가
이 밤은 그냥 조용한 는개 된다
너는 개다 너는개다 너 는개다
이 정도면 키울 수 있겠다 싶어
사내가 불을 끈다 천천히 이불 당긴다
—「는개라는 개」 전문

는개가 대지를 적시고 시인은 창가에 서서 자신의 내면을 바라본다. 부옇게 나리는 비에 젖은 개는 여러 양태로 시인의 인식 속에 자리 잡은 일련의 상념들을 불러온다. "당신이 떠난 후로 습관처럼 / 밤은 또 개를 낳았다 / 그것들은 흐리고 가는 울음이다가 / 가끔은 말도 안 되게 짖기도 한다 / (중략) / 너는 개다 너는개다 너 는개다"에서 대상인 '개'였다가 자아를 표상하는 '개'였다가 그냥 '는개다'로 마무리 짓고 있다. 결국 시적화자의 현상적 인식은 "이 정도면 키울 수 있겠다 싶어" 불을 끄고 천천히 이불을 당겨 밤의 상념들을 잠재우면서 시인이 인식하는 '개'는 객관적 상관물로서 그 의미가 확대된다.

이 작품에서 '개', '너', '는개'의 점진적 변용은 보이는 것에 대한 모순과 비판의 대상 이상의 어떤 조화를 꾀하는 일련의 심리적 매개체로 보인다.

이러한 대상의 다층적이고 점층적인 변용은 아래의 작

품을 통해 더 심화된다.

목화를 따러갔네 누이에게 배운 노래 흥얼거리며, 목화꽃은 이상하기도 하지 어떤 게 진짜 꽃일까 누이는 분홍색 진짜 꽃만 꽃이라 불렀지만 목화 다래 익어 벌어진 목화솜도 나는 목화꽃이라 우겼네

목화밭 목화밭~, 홀로 목화를 따러갔네 누이 없이, 목화꽃은 이상하기도 하지 멀리서 볼 때만 한없이 아름다운 꽃이었네 두둥실 흘러갈 것만 같은 꽃이었네 아무리 따도 바구니는 채워지지 않고 세상 모든 것이 다 멀리서만 그러하였네

목화를 따러갔네 목화를 따지 않았네 밭둑 사이 피어난 나무그늘에 누워 하늘을 보았네 목화꽃은 이상하기도 하지 하늘에도 저렇게 많이 피어 있다니, 저 꽃으로 뭉텅뭉텅 바구니 채웠으면 좋겠다 그치? 없는 누이에게 말을 걸고 또 말 걸고, 잠이 들었네 몇 겹으로 꿈을 꾸면서

—「목화밭 목화밭」 전문

가요를 차용해서 추억을 회상하는 이 시는 '목화꽃'으로 치환된 시인의 가난했지만 꿈으로 충만했던 어린 날의

회상인 동시에 마침내 가깝기보다 적당한 거리에서 바라보는 세상과 현상과 사람 관계가 더 아름답다는 것을 알아버린 시인이 "아무리 따도 바구니는 채워지지 않고 세상 모든 것이 다 멀리서만 그러하였네"라며 세상사에 대한 자신의 위무(慰撫)를 피력하고 있다.

객관적 상관물로서 '목화꽃'은 감정이입, 대조적 자연, 객관화를 통한 정서 투영이라는 기본적인 기능을 하면서 동시에 채워지지 않는 꿈같은 세상사에 대한 허무를 슬쩍 내포하고 있다. 그런데 목화밭 밭둑 나무 그늘에 누워 하늘을 바라보던 화자는 따고 있던 목화꽃을 뭉텅뭉텅 하늘에 일고 있는 뭉게구름으로 확장시키면서 이 시는 단순한 허무를 버리고 궁극에는 희망을 유도하고 있다.

그런데 또, 세상의 진리나 인생 따위의 공허와 무의미함을 넘어서는 시인의 인식은 "목화밭 목화밭~"이라고 따라 부르던 허밍처럼 어떤 아련한 슬픔에 닿아 있다. 어쩌면 사람들이 희망하는 꿈은 슬픔을 배경으로 하고 그 슬픔은 꿈을 끌어내는 기폭제일 수 있을 것이다.

벤치에 털썩 주저앉은 배경의 사내가

마른세수를 하는 척 멈춘 손과 얼굴의 병치가

밤에서 새벽으로 넘어가는 쪽으로 부는 바람의 행방이

남아 있는 꽃잎을 듬성듬성 날리는 벚나무 옆 흐린 가등이

익숙한 풍경이라는 듯 시치미 떼는 봄밤의 습속이

벤치 위 무릎으로 고개 묻게 만드는 두 다리의 위작이

서서히 고조되며 들썩이는 체크 셔츠의 진동이

따라갈 수 없는 곳으로 떠난 사람을 꺼내지 않으려는 흐느낌이

그럼에도 조금씩 들켜버리고 마는 속울음 사이사이 호명이

차라리 암전 속으로 사라지고 싶은 암묵의 사내가, 내가
—「밤의 미장센」 전문

총체적인 밤의 설계, 시인이 배치하고 있는 밤의 시각적 요소뿐만 아니라 정서적 요소는 상투적인 밤 혹은 슬픔이라는 감정적 클리셰(cliché)를 상회하고 있다.

"차라리 암전 속으로 사라지고 싶은 암묵의 사내가, 내가", "밤에서 새벽으로 넘어가는 쪽으로 부는 바람의 행

방"을 더듬으며 벤치에 앉아 "따라갈 수 없는 곳으로 떠난 사람을 꺼내지 않으려" 흐느끼고 있다. 그럼에도 해가 진 뒤부터 동이 트기 전까지 시인은 고통스럽고 막막한 상태의 밤을 끌어안고 속울음으로 홀로 견디고 있다. 벤치와 벚나무 옆 흐린 가등과 사내의 흐느낌과 떠나간 이를 끝내 놓지 못하는 나지막한 호명이 가득한 밤, 슬픔을 대변하는 풍경들만 제시하고 감정은 절제함으로써 화자의 슬픔이 극대화된다.

이처럼 자기의 의사를 밖으로 드러내지 않기 위해 몸부림치는 '암묵'이 가장 큰 슬픔의 극복 의지가 아닐까. Silence, 침묵의 속울음이 차고 넘치는 밤의 미장센(mise-en-scène)이다.

3. 상처의 재구성과 자아의 재발견

유소년기와 청·장년기를 거쳐 온 시인이 생의 아픈 기억들 그러나 결국엔 여러 요긴했던 장면들을 반추하며 마음의 상처를 재점검하고 미래를 예비하는 다짐과 심리적 극복의 과정이 드러난다. 사람은 누구나 행복했던 순간보다 의도 없이 맞이할 수밖에 없었던 아픈 순간을 더 오래 기억하게 마련이다. 마찬가지로 다수의 시편에서 아팠던 기억의 면면들이 얼비친다.

심약하고 겸손한 시인의 성정으로 인해 오래도록 말하지 못하고 속으로만 삼켜왔던, 하여 세상 밖으로 향하지 못했던 기억들을 떨쳐내고 세상 속으로 들어와 그 아픔을 덜어내고자 하는 시인의 의지가 여러 시편을 통해 드러난다.

> 우리는 자주 동그랗게 뭉쳤네 서로 어깨를 겯고 강강술래! 그들은 날 가운데 두고 선창을 기다렸네 '내가 뭘 잘못했는데!' 이어지는 후창 '오오 뭘 잘못했을까아' 그리고 벼 타작 후두둑후두둑, 계피 껌을 샀네 쌉싸래한 맛은 볏가리에 몸을 기대게 하고 하늘에는 낮달! 쪽배는 내게 없어 단물만 빠져갔네 내일은 어떤 길로 돌아갈까 어떻게 소릴 메겨야 할까 까무룩, 꿈속에는 달아달아 밝은달아 모두 흥겨웠네 어디선가 우르르 토끼 떼 나타나 절구를 찧었네 쿵쿵쿵쿵, 나는 소스라쳤네 시작종은 울리고 하늘은 푸르고 아무도 찾지 않고 시발, 처음 뱉은 욕은 유용했네
>
> —「시작종은 울리고」 전문

학창 시절 집단 따돌림을 당한 이야기다. 쉬는 시간 학교폭력을 경험한 아이가 수업종이 울려도 아무도 찾지 않는 상황에서 "내일은 어떤 길로 돌아갈까 어떻게 소릴 메겨야 할까"와 같은 현실적 방안을 생각하며, 무용하지만 유용한 욕을 한다. 아무도 듣는 이 없는, 따돌림을 시

키고 사라진 무리를 향한 소심한 복수, 일종의 자발적 위무(慰撫)다. 시인은 '소외'당한 상황에서도 하늘의 푸르름을 보고 낮달의 쪽배를 불러낸다. 유물론자가 아닌 이라면 특히나 시인이라면 헤겔(Georg Wilhelm Friedrich Hegel)의 '절대 정신의 자기실현 과정'처럼 개인이 의식하지 못하더라도 역사는 정신적 힘에 의해 하나의 이상을 향해 부단히 나아갈 것임을 인정할 것이다. 다른 이의 존재 자체를 가치 있는 것으로 바라볼 때 비로소 인간다운 사회가 형성된다. 그럼에도 소외를 조장한 무리는 소외를 당한 이의 아픔을 인정하지 않고 오히려 당당한 사회, 시인은 어린 시절 아픈 기억을 외연(外延)으로 인간사의 슬픔을 내포(內包)하고 있다.

허구한 날 우리는 운동장에 모였죠 그는 자신의 중심부를 바지 밖으로 내놓고 있었는데요 선생님! 지퍼 열렸어요 말도 꺼낼 수 없었죠 자신의 설명을 듣지 않으면 귀싸대기를 날리겠다고 했으니까요 그는 이전에도 자주 중심부를 교탁에 부비곤 했죠 (중략) 나는 등신에 속했죠 (중략) 도움닫기와 디딤발로 아랫부분을 걷어찼죠 순간 중심부가 터지더니 사방으로 흩어졌죠 퉤! 마른침 뱉는데 어깨가 흔들렸죠 여보! 자면서 침 뱉는 사람이 어딨어욧 아내가 기겁을 했죠

—「허구한 날 우리는 운동장에 모여」 부분

학창 시절 선생님에게 성추행당한 이야기다. 성 정체성이 형성되기 전 어린 시절 원치 않는 신체 접촉이나 추행을 당했을 때 느끼는 수치심과 분노와 그로 인해 일생 동안 겪었을 트라우마는 일반인의 상상을 초월한다. 의도하지 않았던 불합리한 상태에 노출되었을 때 무방비의 어린아이는 즉각적인 반항을 하지 못한 자신을 자책하며 "나는 등신에 속했죠"라며 아픈 고백을 한다. 불가해의 상황은 여전히 해결될 수도, 해결할 수도 없었고 마침내 성인이 되고 결혼을 하고 나서도 꿈속에서 침을 뱉는 행동을 통해 그 상황에서 벗어나고자 하는 심리적 갈등이 드러난다. 시적화자를 빌려 성적 트라우마를 슬쩍 드러내면서 시인이 정작하고 싶었던 말은 무엇이었을까? 예기치 않게 어떤 학대에 노출되었을 때 피해 당사자는 순간 아무런 저항을 할 수 없었을 것이다. 더구나 그 혹은 그녀가 성정체성이 형성되지 못한 어린 나이였다면, 성인이 되어서도 그 당시의 수치심과 분노는 쉽게 잊을 수 없고 평생 정신적 트라우마를 안고 살아갈 수밖에 없다. 시인은 그런 수치심과 분노와 자책의 감정을 솔직하게 표현하며 동종의 감정에 쌓여 괴로워하는 이들을 향해 용기 있는 위안을 제시하고 싶었을 것이다.

아저씨는 어둠 속에서 조그맣고 뭉툭한 뱀 한 마리를 꺼내고 있네요 혀를 날름거리고 있죠 이전에도 나는 살구나무 위에서 목격했죠 아저씨는 우리 집 돌담을 향해 자주 소변을 보았으니까요 게타리를 풀어헤치고 시원하게 오줌을 발사할 때 나는 키득거렸죠

—「살구나무 위에서」 부분

엄마가 보고 싶으면 아, 아빠가 보고 싶으면 오, 하는 놀이였죠 동생은 자주 울었으니까요 엄마아빠가 늦는 저녁마다 동생을 달랬는데요 밤에 울면 뱀이 나타난다는 미신 따윌 그는 곧이들었죠 그날 저녁도 어스름 없이 밤이 되었죠 울음의 시동을 걸기 시작한 그를 뒤뜰로 데려갔죠 중간중간 울먹임이 새어 나왔지만 그것마저 막을 순 없었죠 그들이 늦게 오거나 아예 오지 않을 것임을 나는 알고 있었죠 살구나무를 사이에 둔 뒷집 부부는 엄마아빠를 감옥에 집어넣을 작정이었으니까요 간장독을 모두 열고 바닥에 쪼그려 앉은 채 동생의 소리에 맞춰 리코더를 불기 시작했죠 밤에 울고, 밤에 피리를 불고, 밤에 간장독을 열어놓으면 뱀이 나온다고 했으니까요 실눈을 뜨고 보니 구렁이 너덧 마리가 혀를 날름거리며 뒷집으로 넘어가는 게 보였죠 담을 타고 들려오는 비명, 우리는 서로 기대어 스르르 잠이 들었죠

—「아리아」 전문

시에서 이웃, 살구나무를 경계로 둔 부모님과 뒷집의 갈등 상황은 구체적으로 드러나지 않지만 그 상황에 무방비로 노출된 심리적 불안과 불협의 순간을 견딜 수밖에 없던 어린 시절의 형제의 모습이 드러난다.

울던 동생을 다독이며 형은 피리를 분다. 피리 소리에 뱀이 뒷집으로 넘어가는 상상을 하며 서로에게 기대어 잠이 든 형제의 모습만 제시했지만, 당시 이웃 간의 어떤 불미한 소송에 휘말려 집을 비운 부모를 애타게 기다렸을 형제의 안타까운 심리가 아프게 읽힌다. 어른들의 세계를 이해할 수 없었을 어린 형제에게 밤에 울면 뱀이 나온다는 미신과 피리를 불어 뱀을 풀어놓고 뒷집에 대한 소심한 복수를 감행했을 어리고 어린 동심의 형제가 그 불가해의 상황을 견디는 일이란 얼마나 무섭고 불안했을까 짐작이 된다.

4. 상처 치유와 극복 의지

앞선 작품에서 보여주었듯 “태어나기를 원하는 자는 하나의 세계를 파괴하지 않으면 안 된다”라는 헤르만 헤세(Hermann Hesse)의 명언처럼 시인은 더 이상 기억하고 싶지 않은 유년의 기억들을 불러 모아 상처를 치유하고자 하는, 말하자면 상처를 회피하지 않고 정면 돌파하려는 자세를 견지하고 있다. 후편으로 갈수록 나이가 들면서 그 상처의 기억들은 자신이 의도했던 것이 아니었음을 인식하고 스스로를 옭아맸던 아픈 기억들은 털어내고 새로운 생의 의지를 세워 극복하려는 적극적 의지를 표명하고 있다.

당신처럼 어눌한 화가는 처음이다
밑그림을 한 줄도 그리지 않았기에
채색이 시작될 거라곤 생각 못 했다
한 마디 말도 없이 세상을 건너뛴 당신
구멍 난 캔버스가 보이지 않냐고
어찌 내 앞에서 무례하게 붓을 드냐며
수많은 밤 당신의 팔레트를 집어던졌다
펄펄 뛰던 밤들이 감히 지나가버리고
꿈마다 찾아가서 훌쩍거리면
벚나무에 물어보라 당신은 시치미 뗐다
지는 꽃잎은 꽃자루를 뒤돌아보지 않는다는 듯
봄밤은 제멋대로 벚꽃잎을 점점이 휘날리고
따지고 보면 절필을 강요한 건 나였다
누구보다 아둔한 캔버스였다
—「점묘의 나날」 전문

누구에게도 선택적 출생이 주어지지 않기에 저마다 의도치 않는 생의 행로에 놓이게 되고 어떤 이는 자신이 그리고 있는 생의 밑그림에 충실하게 채색을 해나갈 것이며 어떤 이는 자신 앞에 놓인 생의 밑그림을 다 지우고 새로운 그림을 그리기도 한다. 또 어떤 이는 부분적 수정을 통해 생의 그림을 완성해나갈 것이다.

"지는 꽃잎은 꽃자루를 뒤돌아보지 않는다는 듯 / 봄밤은 제멋대로 벚꽃잎을 점점이 휘날리고 / 따지고 보면 절필을 강요한 건 나였다 / 누구보다 아둔한 캔버스였다"라는 시인의 고백처럼 궁극적으로 생의 그림을 그리는 주체는 바로 자기 자신이다. 완성된 그림보다 그림을 완성해가는 하나하나의 점들, 생의 한 순간순간이 모여 아둔했지만 아름다운 캔버스가 채워져나가는 것이다.

다음 작품에서도 이러한 시인의 의지는 자명하게 드러난다.

원-웨이 티켓 원-웨이 티켓
한 번 가면 돌아오지 못하는 길 있다고
포장마차는 밤새 외친다
가시 관목 사이 끼어 있는 저 축구공

쭈글쭈글한 채 어디로도 떠나지 못한다
제 처지를 읊는 노래를 듣는다면
심정이 어떠할까 그런 사람 있었다
저수지였고 안개 피어오르는 밤이었다
밤새 어떤 실연의 노래를 불렀고
제 노래에 취한 사지는 벌벌 떨렸다
해가 시리게 돋았고 꼬박
하루 만에 젖은 티켓으로 떠올랐다
왕복권을 버렸다 다시 또
거리엔 입술 쭈그러든 종이컵과
필터만 남은 담배꽁초의 새벽
도로 양옆으로는 불 꺼진 채
마구 정차해 있는 자동차들
따지고 보면 아무도 새 차를 살 때
연탄불 피우며 잠들
훗날은 생각지 않을 것이다
해가 돋을 때는 바람이 잠깐 멈추기도 한다
허나 모든 살아 있는 것들에게 외치듯
바람은 편도로 분다 만약
방향이 바뀐다면 그건 오늘의 바람이 아니다
—「해돋이 단상」 전문

"오늘 내가 죽어도 세상은 바뀌지 않는다. 다만 내가 살아 있는 한 세상은 바뀐다"는 아리스토텔레스의 말처럼 실은 세상이 바뀌는 것이 아니라 내가 살아 있음으로 세상을 바꿔나가는 것이다. 시인은 "원-웨이 티켓"을 생각하지만 결국 해가 돋은 때를 불러내고 싶었을 것이다. 그때 잠깐 멈추기도 할 바람의 방향에 대해 생각했을 것이다. 어제가 아닌 오늘을 살고자 다짐하면서!

돛으로 몰려드는 바람이 심상치 않아요 이제 항로를 벗어날 시간이에요 일 년 전 태풍의 시절처럼 말이죠 길어야 사나흘 정도의 피항이라 생각했죠 허나 밤바다에서 바라보는 별이 한없이 새끼를 치는 것처럼 밤은 또 밤을 낳았죠 어느 밤은 앞배가 빠져나가지 않아 어떤 밤은 뒷닻이 풀어지지 않아 또 무수한 어느 밤 동안은 천지사방이 여울목 귀신처럼 울어대서요 어찌 당신 품을 떠날 수 있겠어요 밤새 한잠도 자지 못해 붉어진 눈으로 뭍을 올려다보면 아무 말 말고 하루 더 쉬어 가라고 돛대를 입술에 갖다 대던 당신이었지요 아 모항母港, 모항모항 입 안에서 마구 맴돌았지요 올해는 정말로 며칠만 머물겠습니다 까치놀 사라지기 전에 어둠 깊어지기 전에 피항항避航港 당신 품으로 가겠어요 그런데 아까부터 선장은 소리 질러요 거긴 벌써 몇 해 전에 폐항돼 버렸어

—「피항避航」 전문

뱃길에 있는 위험물이나 장애물 또는 태풍, 풍랑, 지진 해일 따위의 자연재해를 피해 운행함을 뜻하는 '피항(避航)'을 빌려 시인은 자진이 겪어온 생의 여러 아픈 기억들을 성숙하게 조련하고 더 낳은 항진(航進)을 위해 자아를 성찰하고자 하는 의지를 표명하고 있다.

개인의 지혜는 성숙될수록 기운은 중화될수록 자신뿐만 아니라 주변을 형성하는 타인의 생도 더불어 아름다워진다. 말과 의식이 확장되고 기가 중화된 순수한 영혼의 자기 고백서로써 자아의 집착을 버리고 진아(眞我)를 추구하는 선인의 자세를 견지하고 있다.

"밤은 또 밤을 낳았죠 어느 밤은 앞배가 빠져나가지 않아 어떤 밤은 뒷닻이 풀어지지 않아 또 무수한 어느 밤 동안은 천지사방이 여울목 귀신처럼 울어대서요 어찌 당신 품을 떠날 수 있겠어요 밤새 한잠도 자지 못해 붉어진 눈으로 뭍을 올려다보면 아무 말 말고 하루 더 쉬어 가라고 돛대를 입술에 갖다 대던 당신이었지요 아 모항母港"에서 시인이 갈구하는 '모항(母港)'은 바로 그러한 삶의 태도를 견지하겠다는 깨달음 혹은 다짐으로 읽힌다.

'지나간 것은 지나간 대로 그런 의미'가 있듯 이미 '폐항'이 되어 버린 기억들은 모항(母港)으로의 회귀, 즉 진인(眞人)으로서의 깨달음이 있는 한, 더 이상 나의 처소는 아닐 것이다.

5. 나오며

인간은 누구나 피투성(被投性)으로 태어난다. 그러나 인간은 현재를 넘어서 미래를 향해 자기 자신을 끊임없이 던지는 실존 방식, 즉 기투(企投)함으로써 주어진 관습과 허위를 버리고 이성적 인간으로 성장하게 된다.

더불어 살아가야만 하는 사회 구성원으로서의 개개인인 우리는 역지사지(易地思之)의 인식이 더욱 요구되는 사회에 살고 있으며 이것은 어쩌면 의무인 동시에 권리이다.

자유의지를 가진 나의 선택이 타인에게 영향을 미치고, 사람은 누구나 혼자 살아가는 것이 아니라 타인과 더불어 살아가는 존재이기 때문에 개인의 선택은 사회적 책임을 고려해야 된다. 너나 할 것 없이 태어나는 순간 자유를 선고받지만 선택은 각자의 몫이다.

예술가, 특히 시인은 부단한 시작(詩作)을 통해 자기 해방을 도모함과 동시에 존재하지 않는 어떤 생의 목적을 향해 나가기 위한 자기 구속과 행태의 표출을 끊임없이 한다. 이는 그 활동에서 기인한 일련의 결과들이 시대와 상황에 속박되어 있음과 동시에 자기실현을 위한 방편이기도 하기에 그러할 것이다.

시인은 이번 시집을 통해 자신의 생에 대한 재점검과 갱신, 더불어 사회 구성원 각자의 책임을 강조하는 윤리성의 회복에 대한 촉구를 제시하고 있다. 그것은 시의 면면에 흐르는 공감 능력에 있으며 시인 자신과 타인의 삶을 깊이 들여다보며 그 아픔을 대신 울어주는 곡비(哭婢)로서의 인식과 책임을 다하고 있기에 가능한 것이다. 바로 이것이 배세복 시인이 이번 시집을 통해 보여주는 사회적 공감의 힘이며 개인을 넘어 시인, 즉 곡비로서의 사회적 파급 효과를 기대하게 하는 점이다.

목화밭 목화밭

1판 1쇄 발행 2021년 4월 30일

지은이 배세복
발행인 윤미소
발행처 (주)달아실출판사

책임편집 박제영
디자인 전형근
마케팅 배상휘
법률자문 김용진

주소 강원도 춘천시 춘천로 17번길 37, 1층
전화 033-241-7661
팩스 033-241-7662
이메일 dalasilmoongo@naver.com
출판등록 2016년 12월 30일 제494호

ISBN 979-11-88710-99-7 03810

* 이 책은 대전광역시와 대전문화재단에서 사업비 일부를 지원받았습니다.